EL VERDADERO LADRÓN

EL VERDADERO LADRÓN

WILLIAM STEIG

Traducido al español por Sonia Tapia

MIRASOL / *libros juveniles*   ◇   Farrar, Straus and Giroux / New York

Original title: *The Real Thief*
Copyright © 1973 by William Steig
Spanish translation copyright © 1990
by Ediciones B, S.A., Barcelona, Spain
All rights reserved
Library of Congress catalog card number: 92-54837
Published simultaneously in Canada by
HarperCollins*CanadaLtd*
Printed and bound in the United States of America
Mirasol edition, 1993

A Maggie, Melinda y Francesca

Galván montaba guardia
en el exterior de la nueva Tesorería Real, con su peligrosa alabarda
centelleando bajo el brillante sol. El suelo estaba tal vez demasiado
caliente para sus patas; elevaba primero una y luego la otra, muy,
muy ligeramente. Algunos turistas se acercaron. Galván alzó con
orgullo la cabeza sobre su largo cuello e hinchó el pecho en su
uniforme rojo y dorado mientras le hacían fotografías.

Cuando los turistas ya se habían marchado, Galván se sorprendió añorando su viejo modo de vida: nadar en su estanque, hacer su cama de hierbas, criar coles de concurso, esbozar planos para edificios impresionantes y originales. Siempre había soñado con llegar a ser un gran arquitecto: ya tenía proyectado un nuevo palacio que estaba seguro de que al rey le encantaría. Sería ovoide, esto es, tendría la forma ideal del huevo.

Al ser el jefe de la guardia de la nueva Casa del Tesoro Real, se había convertido en un ganso importante, pero el trabajo le aburría. Entonces, ¿por qué lo había aceptado? El rey Basilio, el Oso, le había elegido para el puesto por su carácter probo y honesto, y él aceptó porque no podía rehusar de ninguna de las maneras. Amaba al duro, ceñudo y paternal rey. Se le caldeaba el corazón cuando estaba en su presencia. Admiraba su fuerza. Amaba el olor a miel que desprendía su piel, sus ropas, su aliento. Quería complacerle y gozar siempre de su ceñuda estima. Todo el mundo lo deseaba. Basilio era un rey muy popular.

Por guardar la uniformidad, otros tres gansos —Fabricio, Mauricio y Julián— habían sido elegidos para hacer turnos con Galván en la guardia frente a la Casa del Tesoro, pero sólo Galván y el rey tenían la llave. Los gansos habían inventado y ensayado cuidadosamente una breve ceremonia sin pretensiones para el cambio de guardia. A la hora acordada, los dos guardias graznaban

dos veces, y el que tenía que ser relevado se marchaba anadeando mientras el otro se deslizaba hasta su puesto.

Una vez al día, Galván tenía que meter la llave en la enorme puerta y luego abrirla empujando con el hombro y entrar en la Casa del Tesoro para asegurarse de que todo estaba en perfecto orden. Luego volvía a cerrar.

El propio rey iba de vez en cuando a la Cámara del Tesoro y abría la enorme puerta con un leve empujón. Metía cosas o sacaba cosas: brillantes, medallones, preciosas coronas de interés histórico, dinero que había reunido a base de impuestos por gobernar. Cada vez que estaba agobiado por molestos asuntos de estado, o en las noches en que no podía detener el curso de sus pensamientos y quedarse dormido, iba allí y contaba las piezas de oro o cualquier otra cosa que le pareciera que era necesario contar. Eso le tranquilizaba los nervios y después siempre dormía muy bien.

Naturalmente, cada vez que el rey sacaba o metía algo en el tesoro, informaba a Galván de los cambios que había hecho. Galván siempre disfrutaba de estas cortas visitas y las esperaba con ilusión.

Durante mucho tiempo, nunca pasó nada. Todo estaba tranquilo, aunque aburrido. Pero un día, en su inspección de rutina, a Galván le pareció que la pila de rubíes era más pequeña de lo que debería ser. Los contó apresuradamente y luego, todo agitado, fue corriendo a ver al rey para informarle de que faltaba algo. El rey Basilio le tranquilizó. Dejó su pote de miel, se limpió los dedos y luego fueron los dos juntos a la Cámara del Tesoro.

A la luz de un candil contaron cuidadosamente los rubíes, diciendo los dos los números en voz alta. Estaba claro, sólo había 8.643 gemas rojas, cuando debía haber 8.672. ¡Habían desaparecido veintinueve rubíes!

El rey Basilio y su jefe de guardia del Tesoro Real se miraron el uno al otro. El rey alzó la lámpara y la acercó al rostro de Galván.

—¿Cómo es posible que haya entrado alguien aquí? —preguntó—. Sólo tú y yo tenemos las llaves. ¿Es posible que te dejaras la puerta abierta por error?

—¡Oh, no, Alteza! —dijo Galván—. Siempre tengo mucho cuidado. Me aseguro, me vuelvo a asegurar y luego me aseguro otra vez. A veces mi cabeza está un poco despistada, pero mis ojos siempre están muy abiertos. Veo a la derecha y a la izquierda al mismo tiempo. No veo muy bien hacia adelante, pero nadie puede pasar de largo sin pasar por mi ojo izquierdo o por mi ojo derecho.

Llamaron a Fabricio, Mauricio y Julián y los tres vinieron corriendo, alabarda en mano, y se pusieron firmes delante del rey. Los tres fueron interrogados por turnos. No —dijeron—. Si hubiera ocurrido algo fuera de lo normal habrían dado parte, desde luego, porque ése era su deber.

Por allí habían pasado los que normalmente pasaban cada

día. Había pasado algún turista eventual. Nada más. Nadie se había acercado a la puerta.

Las cerraduras fueron examinadas por expertos cerrajeros. Estaban intactas y seguras. Galván aseguró al rey que después de esto sería el doble de cuidadoso. Fue el doble de cuidadoso, incluso el triple. Se mantenía en alerta constantemente, sin permitirse soñar despierto, teniendo siempre presente en su mente su gran responsabilidad para con el rey y el reino, y escrutaba a cada criatura que pasaba, aunque no fuera más que un transeúnte casual o una mariposa errante. Conminó a Fabricio, Mauricio y Julián a que hicieran lo mismo. Cada vez que había cambio de guardia y él se retiraba mientras otro se deslizaba en su puesto, advertía:

—¡Vigila bien!

Y vigilaron bien. Pero en los días siguientes desaparecieron primero muchas piezas de oro, luego unos preciosos ornamentos de plata y al poco tiempo lo mejor del tesoro: ¡el diamante Kalikak, mundialmente famoso!

El rey Basilio estaba frenético. Caminaba arriba y abajo con grandes zancadas, arrastrando tras él su túnica púrpura. Llamaba a su presencia a Galván, a sus ayudantes, les interrogaba minuciosamente una y otra vez. Las respuestas siempre eran las mismas. Nunca descuidaban la vigilancia. Por la noche se había doblado la guardia para asegurar que nadie se adormilara ni diera cabezadas. Y desde luego nadie se dormía: nunca tenían la cabeza bajo el ala. Galván, el jefe, hacía su ronda no sólo una vez al día, sino dos, inspeccionando los tesoros con escrupuloso cuidado. No había manera de explicar las desapariciones.

Una vez, durante el interrogatorio, con sus pies palmeados bien hundidos en la alfombra roja del rey, Galván tuvo la impresión de que el rey le miraba un poco inquisidoramente, con cierta sospecha. Se estremeció y devolvió una mirada limpia y sin pestañeos con sus ojos como botones. Amaba a su enorme, cálido y peludo rey, con sus grandes orejas peludas, que con tanta naturalidad llevaba la púrpura real. Comprendía su preocupación, pero se sentía ofendido.

—Con tu honorable indulgencia —dijo con un deje de ironía en la voz—, ¿no entra dentro de las posibilidades que tu real persona haya cometido un real error? Beso humildemente tus cálidos y peludos pies, espero que no pienses que soy irrespetuoso si sugiero que tal vez tú mismo te hayas llevado algunos de esos tesoros; preocupado como estás por las pesadas responsabilidades de un monarca, ¿no te habrás olvidado de ello?

Tan cuidadosos asertos le parecieron al rey Basilio totalmente impertinentes. Miró fijamente al insolente ganso y su piel marrón se le erizó en el cogote.

—Yo sé lo que hago, Galván —rugió—. ¡El rey no comete errores!

—Perdóname —dijo Galván, cambiando el tono de su voz—. ¡Cómo he podido atreverme. . .! —Cerró el pico de golpe y agachó la cabeza.

Todos estos sucesos inexplicables tenían al rey Basilio perplejo. Odiaba los problemas que no tenían solución. Convocó una reunión especial de su gabinete real para pedir su opinión.

—¿Quién tiene las llaves? —preguntó el primer ministro, el gato Adriano, aunque ya sabía la respuesta.

—Sólo mi real persona y Galván —contestó Basilio.

—La Cámara del Tesoro está construida con piedras sólidas, bien ajustadas, de treinta centímetros de grosor —dijo el primer ministro—. Y los muros interiores son de grueso roble. El suelo también es de piedra; el edificio no tiene ventanas, ni chimenea, ni sótano. La pesada puerta de madera está enmarcada en hierro bien remachado y queda cerrada con cuatro resistentes candados. Ninguna de las cerraduras está rota ni muestra signos de haber sido forzada. Todas han sido examinadas por los mejores cerrajeros. Puesto que su Alteza jamás robaría a su extraordinaria persona, ¿quién otro puede haber sido sino Galván? Aquí nadie cree en fantasmas.

—No ha sido Galván —dijo el rey firmemente—. Es un ganso honesto, como todo el mundo sabe. Confío en él tanto como en mí mismo. En realidad, le amo como si fuera mi hijo.

—Puedes amarle como a un hijo, si lo deseas —dijo Adriano con evidente envidia—; pero, como primer ministro, no puedo guiarme por sentimientos tan irracionales. Los tesoros están desapareciendo de la Cámara del Tesoro, eso es incuestionable. No hay ninguna vía de acceso a excepción de la puerta, no hay ninguna cerradura rota, y sólo tú y tu amado ganso tenéis las llaves. Éstos son los hechos. El culpable tiene que ser Galván o, suplico tu excelso perdón, tú mismo. Puesto que tú no tienes motivos para saquear tu propio tesoro y puesto que es impensable que tú te equivoques en ninguna cuestión terrena, Galván es el único que puede ser culpable. —Adriano hizo una reverencia zalamera y su cola se alzó y se arqueó sobre él mientras añadía en latín—: *Quod erat demonstrandum**.

El rey no supo qué decir en respuesta al impecable razonamiento del primer ministro. Confiaba en las operaciones mentales de Adriano más que en su propio instinto. Despidió a sus consejeros; muy abatido, se dejó caer en el trono. Al escuchar una opinión que en realidad no creía, pero que se veía obligado a respetar, su confusión había aumentado; el rey se enzarzó en enredadas reflexiones. Sombras contradictorias le cruzaban la mente y el rey

*Como queda demostrado.

caviló; cuanto más cavilaba más se perfilaba la oscura certeza de que su amado Galván, a pesar de sus brillantes e inocentes ojos, a pesar de su reputación sin tacha, era un ladrón. Confiar en él había sido un estúpido error.

Galván estaba en su casa, durmiendo un sueño muy agitado por las preocupaciones. Le sacaron de la cama a media noche, le dieron un minuto para vestirse y se lo llevaron a la mazmorra del castillo. Allí le quitaron su uniforme rojo y dorado y le dieron la ropa gris de prisionero. Se llevaron su alabarda y sus llaves, y los rudos guardianes lo arrojaron a una celda oscura. Él se sentó en el frío suelo de piedra en un estado de conmoción, preguntándose por qué un buen ganso que había cumplido con su deber tenía que estar confinado en una sucia mazmorra.

Al día siguiente, una mañana nublada y gris, hicieron un registro de su casa y de su tierra. Varios expertos inspeccionaron todos sus papeles —sus diarios, sus cartas, sus proyectos— buscando alguna pista. Unos buzos examinaron el fondo de su estanque. En todas la propiedades de Galván no encontraron nada que no debiera estar allí.

—Ha escondido el botín en alguna parte —dijo el primer ministro—. Lo sé. Sugiero que le llevemos a juicio para descubrir el lugar.

El rey Basilio accedió.

El juicio tuvo lugar unos días más tarde. Galván fue llevado

al Palacio de Justicia entre dos guardias. La familiar aldea parecía la misma de siempre, con sus acogedoras casas y sus anchas y limpias calles; pero a Galván, que era arrastrado por aquellas bonitas calles por dos oficiales de la ley, se le hacía extraño que todo pareciera igual.

En el juicio Galván rehusó la ayuda de un abogado. Le parecía que no lo necesitaba ya que era inocente. Aquel juicio era ridículo, como no tardaría en verlo todo el mundo. Se sentó a esperar que comenzara la pantomima.

Toda la ciudad se congregó en la sala del juicio. Todos conocían a Galván. Eran amigos suyos, le admiraban. Algunos eran amigos de toda la vida, le conocían bien. Con algunos de ellos había asistido Galván al colegio. Habían retozado juntos, habían compartido y disfrutado muchas cosas. Todos le eran muy queridos, todos le consideraban el mejor amigo. Toda la ciudad estaba espantada ante los cargos que se sostenían contra su amado ganso y llevaban chismorreando de ello los últimos días, desde que el juicio había sido anunciado. ¿Galván un ladrón? ¡Eso era totalmente imposible! No se sabía cómo podía haber sido acusado de tan miserable crimen, pero su nombre tenía que quedar limpio.

El rey Basilio estaba sentado en la silla del juez, con el cansancio pintado en el rostro. Sobre su cabeza colgaba reluciente la gran balanza que simbolizaba la justicia. Galván estaba solo ante él. Muchos de los espectadores no tenían asiento.

Después de que Ezra, el ujier, llamara al orden en la sala, el rey Basilio fue inmediatamente al grano. Miró a Galván y preguntó:

—¿Juras decir la verdad?

—Lo juro —dijo Galván indignado.

—¿Eres el jefe de la guardia de la Casa del Tesoro Real?

—Sabes que lo soy —dijo Galván—. Me designaste tú mismo.

—¿Es cierto —gritó el rey— que han desaparecido del tesoro veinte rubíes, ciento tres ducados de oro, varios adornos de plata y el diamante Kalikak?

—Es cierto —dijo Galván—. No hace falta gritar.

Había pasado una noche muy agitada, sin dormir, y estaba exhausto pero, a pesar de todo, mantenía erguida la cabeza.

Miró a sus amigos, ellos le devolvieron la mirada con confianza. Vio a Juan el castor; a la cabra Martina; a Luisa María, la buldog, que le había puesto su nombre a su primer hijo; vio a sus amigos gansos, Fabricio, Mauricio y Julián, y Oscar y Omar y a muchos otros. Sus miradas de aliento le daban coraje.

—¿Sabes que sólo el diamante Kalikak vale millones —continuó el rey—, que a causa de su desaparición ya no podremos construir el teatro de la ópera que habíamos planeado y que, además, habrá que subir los impuestos?

—No, eso no lo sabía —dijo Galván—. Tengo otras cosas en qué pensar—. Todo el mundo estaba muy atento. No habían considerado las consecuencias de los robos.

—¿Quién más guarda el tesoro real? —preguntó el rey.

—Mis buenos amigos, Fabricio, Mauricio y Julián.

—¿Tienen ellos llaves de la Cámara del Tesoro? —preguntó Basilio.

—No —dijo Galván.

—¿Puede alguien entrar en la Cámara del Tesoro sin las llaves?

—No —respondió Galván—. La puerta es la única vía para entrar o salir, y siempre está cerrada.

—¿Quién, además de mí mismo, tenía las llaves del tesoro? —preguntó Basilio.

—Yo.

—¿Alguién más tenía llaves?

—No —dijo Galván. Entre la multitud se alzaron murmullos de asombro y el rey Basilio tuvo que dar unos golpes para imponer orden.

—Responde al tribunal —dijo—. ¿Alguna vez has dejado las llaves a alguien? ¿Han estado alguna vez fuera de tu posesión?

—Nunca —dijo Galván—. De día están siempre colgando de mi cinturón, de noche están bajo mi almohada.

—¿Crees posible que, de alguna forma misteriosa, el tesoro saliera por sus propios medios de la cámara?

A esta pregunta del rey se oyeron algunas risitas involuntarias.

—¡No! —dijo Galván acaloradamente.

—¿Olvidaste alguna vez cerrar la puerta?

—Absolutamente no —respondió Galván.

—Entonces estarás de acuerdo conmigo —continuó el rey— en que sólo tú y yo teníamos acceso al tesoro real ya que sólo nosotros teníamos las llaves. ¿Crees que es posible que yo robara esas cosas, robándome a mí mismo y a mis propios súbditos?

Un tenso silencio se apoderó de la multitud.

—Ya no sé qué pensar —dijo Galván—. Sólo sé que son totalmente falsas las acusaciones que se me hacen. No puedo atestiguar por su Alteza, sólo por mí. ¡Yo no fui!

Galván oyó cómo los espectadores se quedaban sin aliento.

Sabía que su audacia les había escandalizado. El mismo rey Basilio estaba furioso.

—Han desaparecido muchas riquezas —rugió— y sólo dos personas han podido cogerlas: tú o tu rey. ¡Y ahora tienes la osadía de negar que lo hiciste tú y para encubrir tu propia culpa has insinuado que tu rey podría ser el ladrón!

—Soy inocente —dijo.

El rey señaló a Galván y se dirigió a la multitud:

—Ante vosotros veis a un ganso que nos ha engañado a todos. Confiábamos en él, pero él ha traicionado nuestra confianza. Nadie más puede ser el ladrón, sólo él —miró a Galván con desdén y añadió—: Por este juicio te acuso de robar al tesoro real y además sostendré contra ti un cargo por perjurio. ¡Juraste decir la verdad!

—Soy un ganso honrado —dijo Galván; se volvió hacia sus amigos buscando confirmación. Pero ellos evitaron su mirada. Parecían sentirse muy violentos. Galván se horrorizó al leer en sus rostros. Estaba claro que ya no creían en él. ¡La declaración del rey les había convencido de su culpabilidad!

—¡Eres una desgracia para este reino! —dijo Basilio con un gruñido de disgusto.

Aquella simple afirmación, dicha con tanta crueldad, se congeló en la mente de Galván. Estaba muy confuso. ¿Estaba ocu-

rriendo todo aquello en realidad, o era cosa de su imaginación? «¿Por qué me miran todos con tanta aversión? —se preguntó—. En realidad, tal vez soy culpable, pero ¿de qué? ¡¡No!! (Yo no lo hice.) ¡No lo hice! Esto no es más que una treta para volverme loco; más tarde todos vendrán a decirme que sólo era una broma. No, es verdad que piensan que soy culpable». Galván les miró uno por uno y no ocultó lo herido que se sentía.

—Antes de que dicte sentencia —dijo el rey Basilio—, ¿tienes algo que decir en tu defensa?

Galván no tenía ganas de decir nada.

«¿Para qué? —se preguntó—. Ya están decididos, ¿para qué gastar saliva?»

—¿Y bien? —dijo el rey.

Galván vaciló durante unos largos segundos. Entonces miró con orgullo a Basilio, luego se volvió para mirar a los otros y dijo con resonante voz:

—Soy un ganso honrado. No sé cómo habéis podido pensar otra cosa. Tal vez lo sepa el Creador. Él sabe, desde luego, lo mucho que os amaba. Pero ahora ODIO a cada uno de vosotros con todo mi corazón, por ver en mí un mal que no existe. ¡Que caiga la vergüenza sobre vosotros!

—¿Eso es todo? —preguntó el rey.

—Eso es todo —dijo Galván.

—Te sentencio a permanecer prisionero en la mazmorra del castillo hasta que tengas la amabilidad de decirnos dónde has escondido los tesoros que robaste —dijo el rey. Luego se dirigió a los guardias—: ¡Encadenadle!

Galván miró al suelo, vio sus propias patas amarillas. Al menos ellas parecían reales. No podía sentir ninguna compasión por nadie. Se sentía entumecido, petrificado. Oyó vagamente sonar tres veces la campana de la torre. Pero cuando los guardias se acercaron a él con las cadenas, una ira repentina invadió su espíritu. Vio el ancho cielo azul fuera del Palacio de Justicia.

—¡Me voy a librar de todos vosotros para *siempre*! —graznó sonoramente. Batió las alas y, tras una furiosa y corta carrera, despegó del suelo y salió volando por la gran ventana.

La multitud corrió detrás de él. Le vieron remontarse sobre la ciudad, muy por encima de los más altos campanarios y sobre el Lago Soberbio. Le vieron desaparecer en el bosque al otro lado. El rey juró ante todos los que le rodeaban que perseguiría a Galván para asegurarse de que recibiera su merecido.

El verdadero ladrón, el que sí que tenía que haber sido sometido a juicio, había estado sentado en la sala siguiendo el proceso con mucha atención. No era fácil darse cuenta de su presencia porque era muy pequeño. ¿Quién era este ladrón? Era Ramón, un ratón. Era un amigo de Galván, aunque le veía muy pocas veces; generalmente se relacionaba con criaturas de su tamaño. Varias veces durante el juicio había querido dar un paso adelante y anunciar que *él* era el ladrón, y no Galván, pero tenía miedo. Una vez estuvo a punto de levantarse para recordar a todo el mundo que las pruebas en contra de Galván eran puramente circunstanciales. Pero ni siquiera pudo hacer eso porque quizá le hubiera llevado a hacer la confesión que habría querido tener el valor de hacer.

¿Cómo es que Ramón se convirtió en un ladrón? Bueno, la Cámara del Tesoro no era tan hermética como pensaban el rey, el arquitecto, los constructores, Galván, los otros guardias y todo el mundo. Es cierto que los muros eran de piedra de treinta centímetros de grosor, que el suelo era de piedra, que la única forma de entrar o salir era a través de la pesada puerta tan bien cerrada y tan bien guardada. ¿La única forma? En realidad no. En un rincón del suelo, entre dos piedras, había una pequeña grieta, bastante grande para permitir la entrada de un ratón que llevara algo consigo. . . Y Ramón la descubrió.

Un día, explorando un viejo túnel de topo que comenzaba en su propia puerta, llegó justo bajo la grieta entre las dos piedras; como cualquier ratón enfrentado a una pequeña abertura, Ramón tenía que saber qué había al otro lado. Pasó por la grieta y se encontró dentro de la Cámara del Tesoro. Lo que vio le hizo contener el aliento. El rey Basilio, que había estado allí, se había olvidado de apagar las lámparas; el inmenso tesoro de su reino

brillaba y centelleaba por todas partes. Ramón se quedó mirando sin hacer nada durante un largo rato, intimidado por aquella abundancia de destellos. Andaba a saltitos por aquí y por allá; tocó tímidamente algunos rubíes, deleitándose en la riqueza roja de su meloso fulgor. Recordó sus propios túneles; su casa entre las retorcidas raíces de un viejo roble; las paredes, por aquí húmedas, por allá desmoronadas; sus muebles destartalados; la cama que acababa de construir con un viejo trozo de arpillera, el olor del queso rancio, la tierra prehistórica . . . Poco a poco le iba invadiendo una envidia mortal.

Ocurrió algo extraño, o quizá no tan extraño. Aunque en sus largos cinco años y medio de vida jamás había hecho nada delic-

tivo, decidió que tenía que tener un brillante rubí rojo; se llevó uno por la grieta hasta su casa, entre las raíces del roble.

Durante los días siguientes, pasó mucho tiempo en su casa mirando su pequeña manzana, el rubí dorado, poniéndolo ora aquí ora allá. Sabía que había hecho algo malo, pero se dijo que un poderoso rey nunca echaría de menos un rubí. Aunque se sentía mal, en general se sentía más bien que mal con el rubí en su poder. Pronto volvió a la Cámara del Tesoro; uno a uno, fue cogiendo más rubíes. Los colocaba donde él creía que lucirían más.

Su casa iba cobrando mucho mejor aspecto; Ramón se sentía un ratón distinguido. En sus cortos paseos al exterior, se daba cuenta de que sus amigos le trataban con mucho más respeto, tal vez porque su forma de comportarse era mucho más digna.

Como ya no podía sentirse satisfecho con la modesta existencia de un ratón sin importancia, fue por más rubíes. Ahora poseía, o al menos tenía en su casa, veintinueve gemas rojas que brillaban y centelleaban cálidamente a la luz de los candiles. Las dispuso de varias formas. Primero las puso rodeando la habitación, pero de aquella manera tenía que ponerlas muy separadas unas de otras; no era ése el efecto que deseaba. Luego las colocó alrededor de su cama. El contraste con la arpillera era asombroso; ofrecían un aspecto casi gracioso que le encantaba. Deseó poder compartir aquello con su primo Rufino, pero Rufino era un bocaza. ¡Qué fastidio! Tendría que disfrutarlo él solo.

Después descubrió que al acostarse en la cama no podía ver los rubíes, pero quería darse el lujo de gozar de ellos estando tumbado. Se levantó, se apresuró a ordenar las piedras en círculos concéntricos en medio de la habitación. Los relumbrantes rubíes rojos formaban una especie de alfombra brillante sobre la tierra de color parduzco. Luego se sentó en su arpillera con las piernas cruzadas y se puso a tocar su pequeña cítara disfrutando de su nueva decoración.

El tesoro no era suyo, él sabía que no era suyo, pero estaba en su casa, y se sentía un ratón rico. Se levantó, hizo un bastón con una fina vara de roble y salió de paseo. Todo el mundo que le vio le dijo que tenía un aspecto muy elegante con aquel bastón.

Aquella noche soñó que era el emperador de un reino poblado

por pequeñas criaturas como él mismo —ratones, topos, ranas, murciélagos, pajarillos, cosas así—, con grandes insectos como sirvientes. Por la mañana volvió a la Cámara del Tesoro. Ahora comenzó a llevarse relucientes ducados de oro. No sentía que los estuviera robando, sólo que se los llevaba, porque nunca pensó que se hubiera convertido en un delincuente. En su opinión un delincuente era un rufián, una criatura peligrosa dispuesta a hacer daño a los demás, alguien que debía estar en prisión. Ramón, aunque sabía que estaba haciendo algo malo, sabía también que no era ni peligroso ni rufián, sino sólo Ramón, un ratón de dulces modales y buen corazón.

Ahora era un roedor muy ocupado, yendo y viniendo por el viejo túnel de topo llevando pesados ducados. Era un trabajador, un coleccionista, un decorador; cuando descansaba, era un nabab*. Decidió que los ducados estarían mejor incrustados en las paredes. Construyó un andamio; con grandes esfuerzos subió los ducados, los clavó a los lados de la habitación con un martillo envuelto en trapos para no arañar la superficie de las monedas. Tuvo que hacerlo todo él solo, alzando los ducados y sosteniéndolos en su lugar mientras los incrustaba a martillazos.

El efecto resultó glorioso. En el suave y dorado resplandor que le rodeaba, los rubíes se reflejaban aquí y allá en los ducados; su rubescente luz se veía dorada aquí y allá por el reflejo de los

*Príncipe musulmán de la India y por extensión individuo muy rico.

ducados en las paredes. Ramón decidió encender velas. Aquello era mejor aún que las lámparas porque el parpadeo de la luz hacía que los reflejos rojos y dorados danzaran estáticos mientras el corazón de Ramón palpitaba excitado. ¡Qué hermoso! Si tan sólo pudiera compartir aquello con alguien.

Cogió su bastón, subió las escaleras hasta el exterior y se fue alegremente a la ciudad. Caminó por las calles, arriba y abajo, fingiendo estar interesado en los escaparates; remoloneó por las esquinas, saludando a cualquiera que pasara, sabiendo que no podía contarle a nadie lo que tantas ganas tenía de contar. Tenía que ser un secreto. Si tenía que ser un secreto, también podría sacar el máximo partido de tener un secreto.

Deambuló por el bulevar con su bastón bajo el brazo y las manos en los bolsillos, consciente de que sabía algo que nadie más sabía. Se detuvo a hablar con un conejo que conocía y mientras especulaban sobre si iba a llover o si las nubes sólo amenazaban pero no descargarían, Ramón vio mentalmente su ornamentada casa y sonrió para sus adentros ante la ignorancia del conejo.

Aquella noche Ramón cenó trufas. Eran muy difíciles de encontrar, pero él se había tomado el trabajo de buscarlas y desenterrarlas. Las tomó con un suave borgoña de tres años. Miró a su alrededor satisfecho. Un poco de vino había humedecido sus bigotes. Se los limpió. No, no estaba satisfecho del todo. Todos los colores de su pequeña mansión eran colores cálidos; rubíes rojos, ducados de oro, tierra marrón, arpillera parda, madera . . .

Todo alumbrado por la luz amarilla de las velas. Necesitaba algo de frescura en su gama de colores.

Pensó en ello toda la noche y por la mañana temprano volvió a la Cámara del Tesoro. Todavía estaba hondamente impresionado por lo que allí veía, pero ya no se sentía intimidado. Él mismo vivía ahora en una casa de lujo similar. Curiosamente encontró por allí algunas piezas de plata de excelente artesanía, incluyendo un medallón graciosamente tallado con lirios que una vez había visto prendido en la túnica púrpura del rey Basilio. Se lo llevó por el agujero hasta su casa; luego volvió a coger más ornamentos de plata: un par de anillos, un broche y una cuchara cincelada tan grande como él.

La cuchara de plata la apoyó artísticamente en la pared, junto a su armario. El medallón de plata lo puso en lo alto del armario, como una especie de bandeja. El broche lo fijó en la puerta y los anillos los colgó en los respaldos de sus dos sillas. Luego contempló los resultados de su trabajo desde varios puntos de vista: vio que lo había hecho bien. Pero todavía faltaba algo: un centro de interés. Volvió corriendo a la Cámara del Tesoro.

Allí, al alzar un velo, descubrió el diamante Kalikak. Su esplendor le dejó perplejo. Ahora que lo había visto, su propia casa parecía de nuevo muy pobre en comparación de aquello. Tenía que poseerlo, de eso no había duda. Temblando de excitación, sin aliento, alarmado por su propia audacia, aunque orgulloso de ella, comenzó a mover el gran diamante. Lo bajó de la mesa en donde lo había encontrado. Lo hizo rodar por el suelo de piedra y cuando llegó a la grieta lo dejó caer por ella. Lo llevó rodando a lo largo del túnel de topo y, finalmente, lo metió en su casa.

Ramón no sabía que aquel era el diamante Kalikak ni que era mundialmente famoso. Sólo sabía lo impresionante que era, relumbrando, irradiando luz casi como si estuviera vivo. Sabía muy bien dónde colocar la imponente gema: en el lugar que le correspondía . . . , sobre la destartalada mesa en el centro de la habitación. Se las arregló para subirlo hasta allí, luego encendió todas sus lámparas y las velas. El diamante Kalikak no sólo reflejaba la luz amarilla, sino que disparaba flechas de un azul cielo por todas partes; las luces, los reflejos y los contra reflejos creaban una atmósfera maravillosa que hizo que a Ramón le diera vueltas su cabecita. Ahora su casa era un palacio; estaba

hondamente orgulloso de ella. Es cierto que todavía olía a queso rancio, a tierra prehistórica, que todavía había despojos en el suelo y que los muebles estaban desvencijados, pero a pesar de todo era un palacio.

Aquella noche, harto de queso, vino y setas, Ramón yacía en su cama de arpillera agitándose, dando vueltas, eructando y cavilando. ¿Había sido la casualidad la que le llevó por el túnel de topo hasta la Cámara del Tesoro, o había sido cosa del destino o de algún otro poder? ¿No había sido algo predestinado que Ramón, sólo él y ningún otro, hubiera tenido aquella gran suerte?, se preguntaba.

Se quedó dormido muy tarde y cuando despertó sintió que necesitaba un confidente. Debía haber alguien, alguien en quien todavía no había pensado, alguien con quien pudiera compartir su secreto. Debía haber alguien con quien pudiera comentar sus sentimientos y a quien pudiera mostrárselos. Por supuesto tenía que ser alguien pequeño que pudiera entrar en su casa, ver con sus propios ojos lo que Ramón le contaba.

Por la noche se fue a la ciudad y allí supo del juicio de Galván. Todo el mundo hablaba de ello.

Corrió a su casa, se arrojó en la cama. Nunca se le había ocurrido que pudieran descubrir los robos. No se había permitido pensar en ello. A veces había empezado a pensar en eso, pero en seguida había apartado tales pensamientos y con ellos sus temores. Mientras él guardara el secreto, pensaba, todo permanecería en secreto. Ahora se daba cuenta de lo poco realista que había sido.

Ansiosamente comenzó a considerar la situación de Galván y sus consideraciones le llevaron a la conclusión de que el ganso estaba a salvo. Nadie podría llegar a creer que alguien como Galván había cometido un delito. Todo el mundo le tenía en la más alta estima, especialmente el rey. ¿Habría podido creer alguien que él, Ramón, lo había hecho? ¿Lo habría podido creer él mismo antes de que ocurriera? Pero, ¿y si Galván era declarado culpable? Bueno, si a Galván le declaraban culpable, él, Ramón el ratón, iría hasta el tribunal, se declararía como el verdadero culpable para que prevaleciera la justicia. Si declaraban a Galván inocente, lo que seguramente ocurriría, Ramón decidió que mantendría la boca cerrada.

Miró a su alrededor, a su propia obra. Las doradas paredes parecían de alguna forma deslustradas. Los rubíes habían perdido

parte de su brillo. Ramón se dio la vuelta, se tumbó bocabajo en su arpillera. En algo le confortó su cálido aliento, el olor rancio y familiar de su casa.

Durante los tres días anteriores al juicio, Ramón se dio por fin cuenta de que era un ladrón, no sólo un ladronzuelo, sino un ladrón a gran escala. Le había robado a la realeza. ¿Por qué no lo había entendido así antes? Ahora tenía lugar un juicio porque se había cometido un robo y él era el autor de ese robo.

Se miró al espejo muchas veces. No tenía aspecto de ladrón. Tenía el mismo aspecto de siempre, sólo que más triste, más preocupado. ¿Tenía Galván el ganso aspecto de ladrón? ¡Desde luego que no! Y aún así iba a ser sometido a juicio, se consideraba posible que fuera culpable. Ramón decidió confesar. Iría directamente al rey, repararía su falta, aceptaría su castigo. ¿Castigo? ¿Qué castigo? ¿Ser colgado en la plaza pública? ¿Ser azotado? ¿Pasar años en una oscura prisión a dieta de pan y agua? ¿Ser desterrado del reino? ¿Perder el afecto del rey?

No, no confesaría. Sólo confesaría si fuera absolutamente necesario, sólo si Galván era declarado culpable. Y eso no ocurriría. Éstas y otras reflexiones semejantes oprimieron sus noches en vela, sus fatigosos días hasta la mañana del juicio.

En el juicio, apenas podía creer lo que estaba ocurriendo. Estaba sentado en la esquina de un banco junto a los cuartos

traseros de Urias, el cerdo, frotándose las manos, mordiéndose las uñas, mirando fijamente. ¿Cómo podía cometer tal error de juicio el sabio rey? ¿Cómo podía la comunidad, los amigos de Galván, volverse contra él? Aun en el caso de que *fuera* culpable, ¿no seguían siendo sus amigos? ¿Qué tipo de amistad mostraban? ¿Por qué Galván no se defendía más? ¿Por qué sólo afirmaba su inocencia, en vez de discutir el caso?

Ramón estaba convencido de que si Galván no hubiera huido por la ventana, él finalmente se habría adelantado para confesar y acabar con aquella mascarada, con aquella estúpida injusticia. Necesitaba pensar así.

Se arrastró hasta su casa con piernas temblorosas, se sentó en su mesa desvencijada apoyando la cabeza en el diamante Kalikak.

Aunque estaba muy deprimido, era consciente de la sensación del diamante duro, suave y fresco contra su sedosa piel. Deseó poder retroceder en el tiempo hasta el momento en que llegó a la Cámara del Tesoro y comenzó a invadirle la envidia de la riqueza del rey. Si la historia pudiera rehacerse y él estuviera de nuevo allí, consideraría las consecuencias del robo y se guardaría de cometerlo. En lugar de eso, iría directamente al rey, le informaría de la existencia de la grieta entre las dos piedras del suelo para que la taparan con cemento; sería recompensado de alguna manera, incluso ganaría cierto prestigio entre la comunidad.

¿Por qué había deseado ser rico y sentirse rico? ¿Es que era antes un ratón infeliz? ¿Es que no había visto que el mismo rey estaba triste a veces? ¿Es que había alguien totalmente feliz?

Bueno, Galván se había escapado; no iba a ser castigado. Ramón podía al menos agradecer eso. Decidió complacerse con algo de música. Cogió su cítara y se sentó para tocar. Pulsó suavemente las cuerdas varias veces. La púa se le cayó de la mano. Se sentía embargado por la desdicha.

Pasaron las semanas. Ramón se sentaba en su agujero entre las raíces del roble, sin comer, sin hacer nada, mirando los estúpidos ducados incrustados en la pared. A veces yacía como un cadáver en su cama de arpillera; cuando ya no podía soportar su propia compañía un segundo más, se iba a la ciudad. Sus amigos le decían que tenía mal aspecto, que debería ir a un buen médico. Él oía que los exploradores del rey seguían buscando a Galván por todo el bosque, al otro lado del Lago Soberbio, donde había desaparecido.

Cuando llegaba a casa comenzaba a pensar en Galván de nuevo. En el sitio que estuviera, ¿era feliz? Ramón no se había enfrentado a esta cuestión. Pero ahora estaba claro que de ninguna manera podía ser feliz. ¿Podría ser feliz cualquier criatura inocente que hubiera sido condenada por la sociedad, forzada a huir como un criminal? ¡Por supuesto que no! Galván estaría en cualquier lugar, escondido, solo y herido. Ramón ideó un plan para limpiar el nombre del ganso. Seguiría robando, así todos se darían cuenta de que se habían equivocado con respecto a Galván.

En los días siguientes volvió de nuevo a la Cámara del Tesoro, fue robando al azar —gemas, medallas, dinero, lo que fuera—, fue apilando las cosas en su casa. La ciudad no tardó en saber que los nuevos robos habían sido descubiertos, ahora no había ningún posible culpable porque sólo el rey Basilio tenía las llaves. Era un misterio. Pero al fin todo el mundo supo que Galván era inocente, que había sufrido una grave injusticia. Todos iban de un lado para otro con las cabezas gachas, apesadumbrados por la culpa. El rey estaba desolado. Lo único que pudo hacer fue mirar ceñudamente a su primer ministro, ofrecer una gran recompensa a aquel que descubriera al verdadero ladrón y redoblar las patrullas que exploraban el bosque en busca de Galván.

Redimir de culpa a Galván fue la primera cosa buena que Ramón había hecho desde que se había convertido en un ladrón. Eso alivió su tristeza, pero muy levemente. Tan sólo tenía que pensar en la desdicha que había provocado en la casa real, en todos los súbditos del rey; entonces se daba cuenta de que con limpiar la reputación de Galván no había ayudado en nada al propio Galván y de esta manera caía en una paralizante desesperación.

Tenía que hacer algo, tenía que lograr algo para aplacar sus sentimientos de culpa. Se le ocurrió que ya no necesitaba seguir robando para establecer la inocencia de Galván. Lo que sí podía hacer era devolverlo todo. Poco a poco comenzó a llevar el botín de su casa a la Cámara del Tesoro. Era una labor ardua, pero sabía que era lo que debía hacer: eso le daba fuerzas.

Comenzó a comer de nuevo para poder trabajar mejor; por otra parte, el trabajo le abría el apetito. En un día bajó los ducados de la pared y los arrastró de nuevo hasta la Cámara del Tesoro. Al día siguiente se llevó todos los rubíes y el diamante Kalikak. El tercer día devolvió todo lo demás.

La noticia se extendió rápidamente por la ciudad. Ramón oía hablar del caso con gran extrañeza y asombro por todos los sitios que pasaba: en la taberna, en las calles, en todas partes. Ramón fingía gran interés cada vez que le comentaban el tema. También supo que los exploradores del rey habían dejado de buscar a Galván por el bosque. Habían decidido que el ganso no estaba allí; comenzaban a buscarle más lejos. Tal vez sus esfuerzos fueran en vano. Tal vez Galván había huido a tierras lejanas.

La devolución del tesoro no devolvió a nadie la alegría. Después de la excitación inicial, apenas parecía importar. Lo importante era lo que habían hecho con Galván; todos sabían que aquello tenía que ser reparado o nadie podría volver a estar contento consigno mismo. Apenas se pensaba en encontrar al verdadero ladrón.

El «ladrón» estaba sentado en su pobre cubil, mirando las marcas que los ducados de oro habían dejado en sus paredes de tierra. Si fuera feliz ahora, podría sentirse contento en su casa, en ese modesto agujero. Pero estaba muy lejos de sentirse feliz.

Puesto que había devuelto todo el tesoro, tal vez ya no fuera un ladrón. La reputación de Galván estaba limpia . . . Pero sabía que Galván era desdichado. Sabía que el rey Basilio era desdichado, que todo el mundo en el reino era desdichado, que él, Ramón, era la única causa de ello. Las lágrimas le nublaron los ojos. El manto de abatimiento que se cernía sobre el reino se cernía más espeso aún sobre él.

Cuando Galván escapó por la ventana del Palacio de Justicia y se elevó por encima de la ciudad con violentas y salvajes batidas de ala, volvió la vista atrás. Desde las libres alturas, el rey y la multitud congregada a su alrededor en la plaza parecían insectos frenéticos. Galván decidió alejarse de ellos todo lo que pudiera.

Al volar sobre el Lago Soberbio agradeció la frescura del aire abierto, la vista de las anchas aguas rodeadas de bosque. Pero era un ganso cansado después de sus últimas penosas experiencias y pronto tuvo que echar mano de las energías que su ira le daba.

Cuando cruzó el lago ya no pudo seguir más, se dejó caer en un claro entre los árboles. Descansó junto a un nogal, respirando pesadamente y observando su nuevo entorno. Había estado antes en muchos lugares, en aquel bosque y en otros; pero no había estado nunca en aquel punto en concreto. Se le hacía extraño, pero también le parecía familiar, porque no era más que un lugar en el bosque.

No había comido el pobre almuerzo que le ofrecieron en la prisión; tenía hambre, aunque estaba demasiado cansado para buscar comida. Encontró un lecho de rododendros oculto bajo las hojas y, tras asegurarse que estaba bien escondido, se quedó dormido.

Cuando se despertó por la mañana se sorprendió al ver encima de él las hojas de rododendro. En seguida recuperó la compostura, se arregló las plumas por la fuerza del hábito y se fue a buscar el desayuno. Se movió cautelosamente por la orilla del lago porque sabía que le estarían buscando. Encontró algunos gusanos para comer, algunos brotes tiernos de plantas del bosque y algunos insectos suculentos.

Sabiendo que tenía que tener cuidado de no dejar rastro, se ató unas ramas a sus pies palmeados y caminó por la zona borrando

las huellas que había dejado en la tierra mojada de los márgenes del lago.

Mientras caminaba torpemente con sus extraños zapatos pensó en los últimos días, especialmente en el día del juicio, y se sintió muy afligido. Sabía que tenía que echar a volar otra vez para seguir su camino hacia algún lejano lugar, pero estaba demasiado deprimido para tal empresa.

Llegó hasta un risco entre los árboles y a un lado encontró la pequeña entrada de una cueva bastante grande. En la gruta había luz, porque muy por encima de la entrada había una fisura en las afiladas rocas que formaba una ventana muy estrecha. Galván decidió que de momento aquella cueva sería su nuevo hogar, hasta que supiera exactamente qué hacer, adónde ir.

Una vez tomada la decisión, puso manos a la obra. Tomó un palo y una piedra por herramientas, desenterró varios arbustos y los plantó astutamente delante de la entrada de su nueva casa para ocultarla totalmente. Cubrió la tierra recién escarbada con hojas muertas. Nadie podría advertir la estrecha ventana, por su posición y porque desde abajo no parecía más que otra grieta entre las rocas.

Atando leños y palos con enredaderas, se las arregló para construir una silla precaria y una mesa. Ya tenía un hogar; estaba seguro de que las partidas de búsqueda del rey, que intentaban localizarle por el bosque, nunca darían con él.

Galván asumió la vida de un fugitivo y un recluso, siendo él su propia compañía. Aunque nadar le confortaba, tenía que esperar a la noche, cuando había pocas posibilidades de que le vieran, para nadar en el lago. Siempre andaba con ramas en los pies, buscaba la comida rápida y furtivamente, corriendo siempre de vuelta a su cueva escondida. Evitó hacer fuego, aunque a menudo deseaba el calor de una hoguera y sabía cómo frotar dos palos hasta que prendieran.

Generalmente permanecía en su cueva; allí pasaba el tiempo cavilando, rumiando sus desgracias. Recordaba a los que otrora fueran sus amigos, recordaba su aspecto, sus voces, sus formas de comportarse, los cálidos sentimientos que habían existido entre ellos. ¿Cómo podían haberse vuelto contra él? ¿Cómo podían

haber pensado que era un ladrón, incluso aunque las evidencias parecieran probarlo? ¡Cómo había admirado al rey! ¿Acaso no había accedido a guardar el tesoro del rey sólo por amor? ¿Acaso no había millones de cosas que él hubiera preferido hacer? ¿Dónde estaba la gratitud del rey? ¿Gratitud? ¿Amor? ¿Lealtad? ¿Amistad? ¿Qué significaban aquellas cosas para ellos?

Al repasar sus amargos recuerdos solía llorar con la cabeza en su ala sobre su ruda mesa o con la vista clavada en las húmedas paredes de piedra. A veces se despertaba en mitad de la noche, en la oscuridad de su cueva secreta, anegado en lágrimas. No, ahora lo sabía; si le hubieran amado sinceramente, se habrían dado cuenta de que era imposible que él mintiera, robara o les engañara de ninguna forma. Cuando era muy joven, apenas un polluelo, había dicho alguna pequeña mentira sin importancia, sólo por miedo; tal vez una o dos veces había robado una ciruela o un penique. Pero él no era un mentiroso, ni un ladrón.

Ahora añoraba la amistad. ¡Cómo deseaba volver a vivir en comunidad con otras criaturas a las que amar! *¡Eres una desgracia para este reino!* No podía olvidar aquella cruel afirmación del rey. La tenía grabada en la cabeza. ¿Por qué el mundo seguía siendo tan hermoso a pesar de la fealdad que él había vivido? El lago era hermoso, de una hermosura serena; el bosque era hermoso, de un verde oscuro. El lago y el bosque, todo el palpitante mundo era dolorosamente hermoso. Él amaba este mundo, pero estaba demasiado herido para gozar de él.

Los exploradores del rey pasaron muchas veces junto a su

cueva escondida. Escudriñando desde la gruta, Galván les observaba mientras ellos buscaban entre los arbustos. Reconocía a cada uno de los exploradores; a veces le daban ganas de salir corriendo y entregarse sólo para poder hablar con alguien. Al cabo de varias semanas ya no volvieron a aparecer. Buscaban en otro lugar, con otro propósito. Querían encontrarle sólo para arreglar las cosas. Pero Galván no lo sabía.

Comenzaba a acostumbrarse a su nuevo entorno. Hizo algunas mejoras en su vivienda: añadió un escabel y una alfombra que había hecho con ramas. Todavía recordaba con amargura las injusticias que con él se habían cometido, pero siguió viviendo valientemente e incluso se las arregló para disfrutar, aunque muy levemente. Si hubiera podido compartir su infelicidad con un amigo, habría sido más feliz.

Ahora que nadie le buscaba, se encontraba más solo, pero un poco más tranquilo. Todavía llevaba las ramas atadas a los pies, seguía manteniéndose alerta, pero salía más a menudo de su cueva, se adentraba más en la luz del día observando las cosas, como la gran variedad de bayas, y pensando menos en sí mismo. Se sentía totalmente a salvo.

Un día que extendió sus exploraciones hasta un nuevo rincón de sus dominios, se encontró de pronto con el ratón Ramón, que salió de debajo de una gran hoja. Galván se quedó helado. Había abandonado la idea de volver a ver a alguien de su vida pasada.

—¡Galván! —gritó Ramón con su débil y chillona voz.

Galván se quedó paralizado, pegado al suelo.

—¡Ramón! —susurró roncamente con la mirada fija en su viejo amigo, asombrado de poder hablar después de su largo silencio—. ¿Qué estás haciendo aquí?

—He estado buscándote —dijo Ramón.

Galván se rió, o más bien emitió algunos ruidos que querían ser una risa.

—Supongo que ahora vas a someterme, me encadenarás y me llevarás de nuevo ante la justicia —dijo con sarcasmo.

—¡Oh, no! —dijo Ramón—. La única razón de que sigan buscándote es que quieren pedirte perdón. El rey, todos . . . saben que no lo hiciste tú.

Después de un silencio, Galván preguntó:

—¿Saben quién fue?

—No —dijo Ramón—. No lo saben. Pero yo sí que lo sé. ¡Fui *yo*!

—*¡Tú!*

—Sí, yo —dijo Ramón.

—¿Cómo han sabido que no fui yo? —preguntó Galván, mirando perplejo al pequeño ratón.

—Porque seguí robando después de que huyeras —dijo Ramón—, para establecer tu inocencia.

Y le contó a Galván toda la historia: sus robos sin mala intención, su espanto cuando Galván fue declarado culpable en el juicio, su deseo de confesar, su miedo de hacerlo, sus sufrimientos.

A veces se detenía para llorar; cuando descubrió que podía llorar más en presencia de quien había perjudicado que lo que había podido llorar a solas, su cuerpecillo se estremeció de sollozos. Galván se derrumbó, lloró con él; las lágrimas calientes surcaban por su cuello. Sentía muchas emociones: la alegría de haber sido redimido y de estar con Ramón, enfado por lo que había pasado, dolor de que esas cosas *pudieran* ocurrir, lástima por Ramón, amargura hacia sus amigos desleales, hacia el rey al que tanto había amado, deseos de una nueva vida, la dulzura de pensar qué hermosa podría ser y pena porque no fuera así. Era demasiado para él.

—¿Podrás perdonarme alguna vez? —preguntó Ramón desconsolado.

Galván miró al pequeño ratón encogido junto a sus pies cubiertos de ramas.

—Te perdono alegremente, querido ratón —dijo—. Veo lo mucho que has sufrido, los dos sabemos lo que es el sufrimiento. Pero nunca perdonaré a aquellos que se decían mis amigos. Estos árboles son más amigos míos que ellos. Estoy seguro de que jamás perdonaré al rey.

—Pero ellos también han sufrido —dijo Ramón—: el rey más que nadie.

—Que sufran. Que sufran todos —dijo Galván—. Yo no quiero volver a verles nunca más.

Pero sí que quería verles. No había nada que deseara más; el ratón lo sabía. Rozó la rugosa pierna de Galván. No hizo falta más. Al notar el contacto de otra criatura, el calor que había echado en falta tanto tiempo, se ablandó.

—Sí que quiero verles —admitió—. Lo deseo con todo mi corazón. Les perdono.

—Todos cometemos errores —dijo Ramón.

—Ven a ver mi casa —dijo Galván.

Por el camino le explicó la razón de su gracioso calzado de ramas. Ramón se rió y Galván se quitó las ramas. Tuvieron un almuerzo muy agradable en la cueva y hablaron de muchas cosas.

—¿Por qué me buscabas por aquí? —preguntó Galván—. Todos los demás han dejado de buscar en el bosque.

—Una corazonada —dijo Ramón—. Pensé que debías estar terriblemente abatido, sabía que yo en tu lugar no habría tenido ánimos para volar muy lejos. Supuse que estarías escondido por

aquí, sabía que te encontraría. Esta mañana he estado navegando por el lago y no has tardado en aparecer.

Galván se echó a reír.

—De todos los que me han estado buscando, tú eras el que

menos posibilidades tenía yo de advertir, especialmente escondido bajo una hoja. Dime, ¿vas a confesar?

—Sí —dijo Ramón—. Ya he devuelto el tesoro; cuando vuelva contigo, todos estarán tan contentos que no querrán castigarme con mucha severidad. Pero he de ser castigado por lo que hice, ¿no?

—Creo que ya has sufrido el castigo por lo que hiciste —dijo Galván—. Has sufrido más que nadie.

—No, *tú* has sufrido —dijo Ramón—. Fue a ti a quien condenaron injustamente.

—Pero el hecho de haber provocado el sufrimiento de tanta gente pesaba en tu conciencia —dijo Galván.

—¿Y el rey? —dijo Ramón—. ¡Piensa lo que ha pasado él después de haberte juzgado tan injustamente!

Galván suspiró.

—Ramón —dijo—, nunca deben saber quién lo hizo. Que se lo pregunten siempre sin conocer la respuesta. Se merecen al menos eso, por su falta de fe.

—De acuerdo —dijo Ramón prestamente—. Sólo lo sabremos tú y yo.

Comenzaron a cruzar el lago a eso del mediodía, Ramón a lomos de Galván. Tenía que agarrarse con fuerza porque hacía viento y las aguas estaban agitadas. Llegaron a la ciudad al atarde-

cer, cuando comenzaban a encenderse las luces. Era como si se encendieran para darles la bienvenida.

Cuando de pronto aparecieron, caminando por la Avenida Principal hacia el palacio del rey como un ejército triunfante que viniera a reclamar sus trofeos, todos corrieron a verles, gritaron, les aclamaron y se apresuraban en proclamar la noticia a todo el mundo.

Fueron alegremente recibidos por el rey.

—Nunca más, desde ahora y para siempre, volveré a perder la confianza en ti. Estoy arrepentido —le dijo el rey a Galván, y lo decía de corazón.

—Por favor, olvídalo; te lo suplico, Alteza —dijo Galván—. Te perdono.

Aliviado de su enorme pena, el rey se echó a llorar. Nunca hasta entonces había llorado en público, pero no se avergonzó. Envolvió a Galván en un fuerte y cariñoso abrazo; a Ramón le abrazó con un poco más de cuidado. Ellos le correspondieron. Después de una larga sesión en la que hablaron del robo, del juicio, de sus consecuencias, de los sentimientos de todo el mundo, por no mencionar los diversos problemas de la vida —de los problemas de un oso, de un ganso, de un ratón, de un rey, de un súbdito—, Galván volvió a su verdadera casa y Ramón a la suya. Toda la ciudad durmió bien esa noche.

Se hizo una fiesta para celebrar la vuelta a casa de Galván, para honrarle, y también en honor de Ramón, que había podido encontrarle. Uno por uno, los amigos de Galván se acercaron a pedirle perdón y él les perdonó a todos. Ahora podía quererles de nuevo, pero les quería de una forma más sabia, conociendo sus debilidades. El rey le dijo a Ramón que quería otorgale una recompensa, pero Ramón le rogó que no lo hiciera.

Ahora el tesoro estaba guardado por cuatro buldogs, el hijo de Luisa María, que había sido nominado para el cargo en sustitución de Galván, y sus tres hermanos: Gabriel, Gustavo y Gonzalo. El rey destinó a Galván al gabinete de Arquitectura Real. Galván nombró a Ramón su asistente y en seguida se puso a trabajar en su primer proyecto: un nuevo palacio de la opera que había decidido construir con su forma favorita, la del huevo. Quería construir edificios que fueran considerados de gran arquitectura mucho después de su muerte.

Antes de comenzar a trabajar para Galván, Ramón cementó en secreto la grieta del suelo de la Cámara del Tesoro. En realidad no era necesario, pero eso le hizo sentirse mejor. Sintió que aquello ponía fin a todo el episodio: el robo, el juicio, las consecuencias . . .

De nuevo había paz y armonía en el reino, excepto por los pequeños problemas que tan a menudo surgen en la mejor de las circunstancias, ya que nada es perfecto.